N.º 239

Cordonniers
N.º 8

Duché pinx.   Crépy fc. 1715.

Le Vray portrait de HENRY
MICHEL BUCH, Instituteur des
Communautes des freres Cordonniers
et Tailleurs, Mort le 10.e Juin 1666.
Agé de 73 ans.

INSTITUTION

DE LA COMMUNAUTÉ

DES

FRERES CORDONNIERS

DES

SS. CRESPIN ET CRESPINIEN.

Mil ſix cent quarante-cinq.

M. DC. XCIII.

INSTITUTION
DE LA COMMUNAUTÉ
DES FRERES CORDONNIERS
DES SS. CRESPIN ET CRESPINIEN

Mil fix cent quarante-cinq.

AU Nom de la très-fainte &
très-adorable Trinité, Pere,
Fils & Saint-Efprit, de notre Sauveur & Rédempteur
Jefus-Chrift, & fous la protection &
invocation de la très-fainte Vierge,
Mere de notre Sauveur, & des glo-
rieux Martyrs SS. Crefpin & Crefpinien. Ainfi foit-il.

A ij

Sous l'autorité & le bon plaisir de nos Supérieurs ordinaires, spirituels & temporels, aufquels Dieu nous a foumis, & nous nous foumettons de rechef dans l'effet préfent *, & voulons obéir.

* Par l'effet préfent, on entend ce qui eft contenu ci-après ès Articles VIII. & IX.

Nous, COMPAGNONS CORDONNIERS, au nombre de fept, libres, âgés, & fuffifamment capables pour nous pourvoir, fous l'efpérance du fecours de Dieu & affiftance de fon Saint-Efprit, avons fait & faifons union & fociété entre nous, & commencé à Paris la Société & Communauté des Freres Chrétiens Cordonniers des Saints Crefpin & Crefpinien, uniffant nos perfonnes, & mettant en commun nos biens & notre travail, afin de fervir Dieu enfemble plus parfaitement, comme Freres Chrétiens & Membres d'un même Corps, & en travaillant en commun de notre Métier & Vacation, nous employer felon notre pouvoir aux œuvres fpirituelles pour la gloire de Dieu & notre falut, & celui de notre prochain, & principalement affifter & fecourir nos Confreres de même vacation, qui feront & travailleront, tant dans les Boutiques qu'ailleurs.

I I.

Nous nous appellerons Freres ; nous travaillerons & vivrons tous en commun, fous l'ordre & la conduite temporelle d'un de nous choifi par la Communauté, que nous appellerons le Maître, lequel aura une moderée & charitable fupériorité fur tous les autres Freres Compagnons de la Communauté, afin de garder l'union entre tous , & auquel on fe rapportera pour les difficultés qui pourront arriver dans la Communauté.

Nota. Cet Article marque la fupériorité du Maître , & fes fonc-.tions pour conferver les Freres dans la paix & dans l'union.

III.

Le Maître fera perpétuel , & n'en fera point élû d'autre durant fa vie , qu'en cas qu'il fe retirât en-tiérement de la Communauté & Société pour quel-ques grandes & notables raifons , ou que pour les mêmes grandes & notables raifons la Communauté dût faire choix & Election d'un autre Maître , & fera enforte avec toute la Communauté , que la Lettre de Maître de la Vacation qu'il a en fa per-fonne , & doit avoir pour le bien de la franchife de toute la Communauté en commun , ne fera point perdue , mais fera réfignée par lui à un de la Com-munauté , au choix d'icelle , pour être Maître , & pour en jouir à pareil titre que celui qui l'auroit pré-cédé auparavant fa retraite ou fon décès ; fi ce n'étoit qu'il plût au Roi privilégier notre Communauté par quelque autre moyen plus avantageux pour la faire fubfifter , & la garantir du trouble des Maîtres

Nota. Cet Article marque que lorfqu'on a élû un Maître , il le demeure toujours durant fa vie , & ne peut être deftitué par les Di-recteurs fpirituels & temporels , fans le confentement de toute la Communauté.

& Jurés de notre Vacation, tant de cette Ville que
d'ailleurs, & qu'ainsi cette Lettre ne nous fût plus
néceffaire.

I V.

Parce que notre deffein, moyennant la grace de
Dieu, eft de ne point changer en nos préfentes réfo-
lutions & établiffement, & ne point révoquer ce que
nous aurions fi bien commencé, mais plutôt y avan-
cer de mieux en mieux, nous ayons la volonté &
le défir de demeurer dans l'état de célibat fans nous
marier, l'état de permanence fans vouloir fortir, ni
nous féparer les uns des autres; nous foumettant avec
cela à une honnête & raifonnable obéiffance au Maître de la Communauté, & ne voulant rien poffeder
en particulier; mais ce que nous avons, & ce que
ceux qui entreront en notre Communauté pourront
y apporter quand ils y entreront, avec tout le profit
du travail, entrera & demeurera dans la Communauté, pour être poffedé en commun, & non autrement, chacun de nous fe contentant du vivre & du
vêtir, & de ce qui eft néceffaire à des Particuliers
d'une Communauté; & après la fuffifance pour la
Communauté dans le général & dans le particulier, on
tâchera du refte d'en affifter les pauvres, préférant les
parens néceffiteux de nos Freres Compagnons, & après
les pauvres Compagnons & Garçons de notre

Vacation , & même les Maîtres , s'ils étoient malades & nécessiteux , & après eux les autres pauvres Membres de Notre Seigneur Jesus-Christ.

V.

Ceux qui voudront être reçûs dans la Société & Communauté des Freres des Saints Crespin & Crespinien , y seront aggregés & acceptés après quelque examen de leurs vie & mœurs ; & après qu'on aura reconnu si c'est l'Esprit de Dieu qui les pousse à ce dessein , on en fera l'épreuve d'un an dans la Communauté ; & après ils seront reçûs par la Communauté , si elle les en juge capables , aux mêmes conditions que les autres , pour ne rien posséder en particulier , demeurer en même état que les autres , & rendre l'obéissance requise au Maître ; & aux Directeurs spirituels & temporels ; ce qu'ils promettront en entrant de garder fidellement.

Que si quelqu'un venoit à sortir de la Communauté , soit par son propre motif , & de soi-même , pour des raisons nécessaires & notables , ou par résolution & conclusion de la Communauté pour des défauts ou raisons valables de le congédier , on ne le laissera pas aller sans quelque assistance , qu'on lui donnera selon qu'il en sera jugé bon par la Communauté ; ce qu'il acceptera comme un don qui lui

9

lui eft fait , fans autre obligation que de pure charité.

V I.

on passe cet article

Nous procurerons autant que nous pourrons , quand nous ferons en nombre fuffifant , que nous & nos Freres Compagnons , allions travailler dans les boutiques des Maîtres de cette Ville de Paris & ailleurs ; afin d'empêcher , felon notre pouvoir , que Dieu n'y foit offenfé par les Compagnons ou Garçons qui y travaillent, & afin de leur imprimer doucement le refpect , l'amour & la crainte de Dieu , & la haine du péché avec le foin de leur falut, en les inftruifant dans les principes de la Religion Chrétienne ; & le Maître , avec l'avis de la Communauté, les retirera & revoquera , quand il fera jugé à propos, & d'eux-mêmes pourront auffi revenir à la Communauté , s'il y avoit raifon d'en fortir auparavant qu'elle en fût avertie.

Le contenu en ce fixiéme Article ci-deffus n'a point encore été mis en exécution , & femble que la Communauté ne foit pas en réfolution de le faire pratiquer , pour caufes ; ainfi il femble plus à propos de prendre des Garçons externes de la Vacation pour travailler chez les Freres autant que l'ouvrage leur pourra permettre d'en tenir , comme l'on a fait depuis le commencement avec fruit , & felon le confeil

B

de défunt Monſieur de Renty , leur premier Supérieur.

VII.

L'occupation de cette Société étant d'agir & travailler de la Vacation de Cordonnerie , en ſervant
Dieu, ſans contrainte & dans une ſainte & chrétienne fraternité & liberté , nous ne nous engageons
ni engagerons pour l'avenir à aucun vœu, ni à aucune
autre ſemblable obligation ſpirituelle , nous contentant , après les Commandemens de Dieu , de ceux
de ſon Egliſe , avec ce qui eſt propoſé & publié à
tous les Chrétiens par les Paſteurs ordinaires , &
parce que nous deſirons néanmoins avec cela tâcher
de pratiquer des conſeils évangéliques les plus con-
formes à notre Etat & Vacation , ſi, ou la Communauté en corps , ou quelques-uns de ſes Particuliers,
vouloit faire quelque dévotion , ou quelque pratique
ſpirituelle en particulier ſelon le tems ou l'occaſion ,
il ſera permis , après que le Directeur ſpirituel en
aura jugé la cauſe raiſonnable & d'édification , ſans
trouble ni peine pour les autres.

VIII.

Comme la principale fin de notre union & ſo-
ciété eſt de ſervir Dieu avec la plus grande pureté
d'intention qu'il ſe pourra , & dans l'ordre que Notre-
Seigneur Jeſus-Chriſt a inſtitué dans ſon Egliſe , elle

defire avoir une perfonne Eccléfiaftique féculiere ,
approuvée & autorifée de fes Supérieurs ordinaires ,
pour Directeur & Pere fpirituel , afin de ne point fe
tromper au plus néceffaire ; lequel Directeur aura
foin en général de toute la Communauté , réglera les
heures de leurs prieres , le tems de la Meffe pour les
jours de travail , leurs Confeffions & Communions ,
& tous leurs autres Exercices fpirituels , généraux &
particuliers , & entendra leurs Confeffions quand ils
le défireront , demeurant pourtant dans une honnête
& chrétienne liberté de pouvoir quelquefois fe con-
feffer , ou découvrir les difficultés de leur efprit à
quelque autre perfonne Eccléfiaftique , Religieufe ,
ou autre de probité de vie , piété & dévotion con-
nues pour leur confolation , tâchant pourtant de fe
tenir toujours dans l'ordre & conduite des Directeurs
fpirituels & temporels , lefquels doivent principalement connoître leurs difficultés , & les appaifer ; &
lorfqu'ils feront hors de la Communauté par l'ordre
d'icelle , foit pour travailler , ou pour d'autres occu-
pations , ils fe rangeront le plus qu'il fera poffible ,
dans la Paroiffe de leur demeure , ou des lieux où
leur occupation les porteroit , pour ouir le Service
divin & les Sermons , ou faire leurs dévotions
ordinaires.

Nota. Cet Article régle le pouvoir & les fonctions, & l'autorité du Directeur ou Supérieur quant au fpirituel.

B ij

I X.

Il fera auffi choifi une perfonne féculiere , ver-
tueufe & d'autorité , pour Protecteur de notre Communauté, lequel fera fupplié, felon fa charité &
bienveillance, de nous affifter de fes bons confeils
avec notre Directeur fpirituel , & principalement
nous aider & protéger dans les affaires temporelles ,
où notre pouvoir feroit trop foible & fans crédit ,
afin que par fon moyen , & d'autres perfonnes qu'il
pourroit employer en notre faveur & confidération,
autant que le droit , la juftice & la charité ne feront
point bleffés , notre Communauté puiffe fubfifter ,
& fes bons deffeins augmenter pour arriver , par
l'aide de Dieu , à la fin qu'elle prétend. Ainfi foit-il.

Nota. Cet Article marque les fonctions du Protecteur temporel.

X.

Toutes les chofes ci-deffus ayant été par tous nous
Freres Chrétiens , Compagnons Cordonniers , pe-
fées , confiderées & examinées , & même pour la
plûpart ci-devant de long-tems pratiquées par plufieurs de nous en forme de Communauté, & fur les
mêmes chofes ayant confulté plufieurs perfonnes Ec-
cléfiaftiques , & autres de doctrine & exemple de
probité de vie , reçû bien humblement & charitable-

ment leurs bons avis & confeils , fait beaucoup de prieres & dévotions à notre bon Dieu , & à nos faints Patrons SS. Crefpin & Crefpinien, pour ce fujet.

Enfin , fans pouvoir plus attendre ni tarder cette œuvre entre nous , nous tous , fept en nombre , à fçavoir Henri-Michel Buch , de la Ville d'Erlon en Luxembourg , Diocèfe de Trèves ; Claude Chevan , de la Ville de Fouffimon , Diocèfe de Sens ; Jean Terpet, de la Ville de Beaune en Bourgogne , Dio-cèfe d'Autun ; Daniel-Crefpinien Rondeau de Bon-neval , Diocèfe de Chartres ; Louis de Nainville , du Bourg de Magny , Diocèfe de Rouen ; Nicolas Tuvé , d'Elbeuf , Diocèfe de Rouen ; & Charles Nefmery , de Bacqueville , Pays de Caux, Diocèfe de Rouen , par une fincere dévotion pour le pur amour de Dieu & defir de la perfection , fans faire aucun vœu de tout ce que deffus , & demeurans en-tiérement libres pour ce regard , & néanmoins dans la fincere & raifonnable maniere de nous promettre & nous obliger refpectivement les uns aux autres pour l'état de ftabilité , chafteté , défappropriation , & au-tres chofes ci-deffus déclarées , autant qu'il plaira à notre bon Dieu nous y maintenir & conferver , nous avons par fon aide conclu , arrêté & figné les articles , avec toutes leurs claufes & chofes qui y font contenues , pour les garder & obferver le plus fidé-lement qu'il fera poffible , entre nous , & dans notre

Société & Communauté des Freres Cordonniers des SS. Crefpin & Crefpinien, par forme de Régle & Statuts, tant nous fouffignés, que pour tous ceux qui y feront reçûs à l'avenir, ce jour de la Purification de la Sainte Vierge, deuxiéme jour du mois de Février, année 1645.

X I.

Et ce même Jour de la Purification de la Sainte Vierge, deuxiéme dudit mois de Février de cette année 1645, étant tous fept ci-deffus nommés, contens & d'accord de tous les Articles ci-deffus, & de toutes leurs claufes, teneurs & obligations y contenues, après la fainte Communion de tous nous fept enfemble en l'Eglife de Notre-Dame de cette Ville de Paris, & après l'invocation particuliere du Saint-Efprit, en fignant & commençant préfentement d'exécuter ce que nous promettons par ces Préfentes, nous tous d'un commun accord & entier confentement, fans qu'aucun y ait trouvé aucune difficulté, avons choifi & élû, choififfons & élifons la perfonne de Henri - Michel Buch, l'un de nous fept ci-deffus nommés, pour être le Maître de notre Société & Communauté, afin d'en faire les fonctions fuivant notre Statut, comme étant icelui Henri le premier à qui Dieu a infpiré & donné l'efprit de cette Société, & duquel il s'eft fervi pour nous y amener, & nous unir enfemble.

X I I.

Et afin que toutes ces chofes foient plus authenti-
ques, & paroiffent plus certaines, nous avons fupplié
Meffire noble & fcientifique Nicolas Mazure ,
Prêtre , Docteur en la Faculté de Théologie de
Paris, de la Maifon de Sorbonne , Confeiller du Roi
en fes Confeils , Grand-Maître ordinaire de fon Oratoire , & Curé de l'Eglife & Paroiffe de S. Paul de
cette Ville de Paris, Meffire Philippe Cocquerel, Prêtre , Docteur de la même Faculté ; Gafton-Jean-
Baptifte de Renty , Seigneur dudit lieu ; Pierre de
Chalus , Sieur de la Bernardiere ; Claude Hebert,
Marchand , Bourgeois de Paris , & Louis le Mantois , Marchand à Paris , d'être préfens à nos fufdites
promeffes, & même nous faire le bien de figner avec
nous.

X I I I.

Et le même jour a été réfolu entre nous , fuivant
le 4ᵉ. Article du Statut , qui porte que tous les biens
feront poffedés en commun , & non autrement, d'élire
tous les ans un des Compagnons de ladite Communauté , pour tenir Regiftre avec le Maître de la re-
cette & des mifes, lefquels conjointement rendront
compte chaque mois à toute la Communauté, en préfence des Directeurs fpirituels & Protecteurs tempo-

rels , & à cette fin nous avons élû & choisi Louis
de Nainville , l'un de nos susdits Compagnons , en
présence des susdits autres , les jour & an que dessus :
Signés , Henri-Michel Buch , Louis de Nainville ,
Claude Chevan , Jean-Daniel-Crespinien Rondeau ,
Nicolas Tuvé , Charles Nesmery , Mazure , Pierre
Cocquerel , Gaston de Renty , Pierre Chalus , Bernardiere , C. Hebert , Louis le Mantois , Jean Tein-
che , noms & paraphes.

X I V.

Après ces choses , nous avons supplié Messire Philippe Cocquerel , Docteur ci-dessus nommé , d'être
notre Directeur spirituel , ce qu'il a accepté ; & Monsieur le Baron de Renty pour être notre Protecteur temporel, ce qu'il a aussi accepté : *Signés* , Henri-
Michel Buch , & Levesque.

Ensuite est écrit , collationné & approuvé sur l'ori-
ginal étant en parchemin : *Signés* , Henri Michel-
buch , Charles Nesmery , Cocquerel , & Levesque ,
Sécretaire , avec paraphe.

Nota. Par cet Article il paroît que les Directeurs spirituels & temporels sont choisis par la Communauté.

EXERCICES

EXERCICES
SPIRITUELS ET JOURNALIERS
POUR LES FRERES CORDONNIERS.

I.

LES Freres tâcheront de faire toutes leurs œuvres pour la seule gloire de Dieu, dreſſant leurs intentions tous les matins pour cette fin, les lui offrant, & lui en demandant la grace.

I I.

On ſe levera à cinq heures du matin ordinairement, s'il n'arrive empêchement ; & un tour à tour par ſemaine fera le ſignal pour avertir de l'heure ; chacun ſe ſouviendra que c'eſt J. C. qui l'appelle au travail, & ſe levera diligemment ; & ſortant du lit, ſe mettra à genoux en ſon particulier pour faire une bréve action de graces de la nuit paſſée, & une offre à Dieu des actions de la journée.

I I I.

Etant ſuffiſamment habillés, tous iront au ſignal du Maître, ou de l'ancien en ſon abſence, devant

C

l'Oratoire faire les prieres que chacun par ordre commencera , & les autres fuivront dans la maniere
fuivante.

IV.

Tous fe mettront à genoux ; & faifant le figne
de la Croix , celui qui commencera , dira : Mettons-
nous en la préfence de Dieu , & après dira, *Veni ,*
Sanĉte Spiritus , & les autres continueront avec lui.
Un chacun fera par après les actes d'adoration , de la
revûe de fa confcience , des offres de foi & de fes
actions en particulier , & après on dira les Antiennes
& Oraifons de la Sainte Trinité , de l'Incarnation
de Jefus-Chrift & de la Sainte Vierge , felon le tems,
fuivant le Formulaire qui en eft fait ; & enfuite celui
qui a commencé dira tout haut l'Oraifon Dominicale , le Symbole des Apôtres , les Commandemens
de Dieu ; les autres l'écouteront , ou le réciteront
tout bas , & après cela un peu de méditation , que
le Maître , ou l'Ancien en fon abfence , réglera &
fera cefler pour aller au travail ; & en fe levant de
la priere & partant , on dira : Béni foit le faint Nom
de Dieu , de Jefus notre Sauveur , & de Marie fa
mere ; *Sanĉti Crifpine & Crifpiniane , orate pro*
nobis.

Et après chacun s'en ira à fon travail , penfant à
celui que le Fils de Dieu faifoit avec Saint Jofeph

dans le bas métier de Charpentier, & à celui de leurs Patrons SS. Crefpin & Crefpinien.

V.

Les jours de travail, un pour le moins d'entre tous ira, par l'ordre du Maître, ouïr la Meffe pour toute la Communauté, & fera fes prieres au nom de tous les autres.

V I.

Devant le dîner, qui fera à onze heures, & le fouper à fix heures du foir ordinairement, le travail ceffera; & au fignal du Maître, ou de l'Ancien en fon abfence, tous iront, après avoir lavé les mains, devant l'Oratoire un peu de tems, & affez bref, debout fe remettre l'efprit en Dieu, & penfer un peu à fa bonté qui nous nourrit, & de-là aller devant la table dire le *Benedicite*, qui fe dira chacun à fon tour.

V I I.

Durant le repas, un par ordre lira du commencement; & le Maître, ou l'Ancien en fon abfence, le fera ceffer pour prendre fa réfection avec les autres, & fur la fin il recommencera fa lecture pour finir par le *Tu autem, Domine, miferere noftri.* Entre les Lectures on fe retiendra en filence; & fi le Maître permèt de parler de quelque chofe, il faut que ce foit dans la modeſtie, & de choſe qui n'offenſera ni Dieu, ni le prochain, & qui ſoit utile ; & le Maître, ou l'Ancien, fera ceſſer, ſi le diſcours paſſoit la modération.

VIII.

Le dîner & ſouper étant finis, on ſe levera par le ſignal du Maître ou de l'Ancien ; on ira devant l'Oratoire dire les graces chacun à ſon tour, pour de-là retourner au travail avec les mêmes penſées que le matin.

IX.

Les jours de Dimanches & Fêtes ſolemnelles, tous aſſiſteront à la Meſſe principale de la Paroiſſe de la demeure ordinaire, s'il n'y a raiſon qui excuſe, & en imitant les premiers Chrétiens, apprendre de ſon Paſteur la volonté de Dieu, & les Commandemens de ſon Egliſe pour la ſemaine ſuivante ; écouter les Inſtructions des Prônes, participer aux bénédictions du pain & eau-bénite, aſſiſter aux Proceſſions, & autres ſaintes coutumes & cérémonies de l'Egliſe, & principalement ſe rendre préſent de corps & d'eſprit au ſaint Sacrifice de la Meſſe, & à la ſainte participation de la ſainte Communion des Fidéles.

X.

On tâchera auſſi, les jours de Dimanches & Fêtés,

d'affifter aux Vêpres & aux Heures de l'Office Divin ;
felon la commodité ; ouïr quelques Sermons, Caté-
chifmes ; faifant trouver bon au Maître le defir qu'on
auroit d'aller là où on penferoit être le plus édifié.
On tâchera de ne point aller feul, afin d'avoir le
bien de la Société, & fe tenir & s'en retourner enfemble, autant que faire fe pourra ; & le foir, étant
de retour, on conférera enfemble de ce que l'on
aura appris le jour, pour s'en inftruire les uns les
autres.

X I.

Suivant la fainte & ancienne Coutume de l'Eglife,
on portera l'offrande de fes biens à la Meffe, afin de
participer avec plus de fruit au faint Sacrifice célébré
par le Pafteur pour fes Paroiffiens. Il faut tâcher de
faire quelque petite réferve durant le cours de la
femaine, pour en faire au moins le Dimanche une
action de graces à Dieu pour le travail de la femaine,
& ne point obmettre cette pratique, fous prétexte
des autres aumônes.

X I I.

Dans les jours de Fête on ne travaillera pour qui
que ce foit, fi ce n'étoit par le commandement de
quelque autorité à qui on ne peut légitimement dé-
fobéir, ou bien pour quelque grande néceffité plus
publique que particuliere ; & fi elle étoit particuliere,

il faudroit avoir la vûe de la charité, & regarder le
spirituel plus que le temporel; & ce sera toujours
avec la permission de Monsieur le Curé, ou du moins
par l'avis du Directeur spirituel de la Communauté,
& tâcher de ne point mal édifier personne, & en
pensant à l'obéissance que Jesus-Christ a rendue aux
Puissances temporelles. Il faudra les jours précédens
prévenir ces rencontres le plus soigneusement que
l'on pourra.

X I I I.

Durant le travail on s'entretiendra de quelques
Histoires saintes, comme de la Vie du Saint de la
journée, que l'on sera soigneux de remarquer; on
chantera souvent les Commandemens de Dieu, le
Symbole, l'Oraison Dominicale, & d'autres Canti-
ques spirituels; on récitera ensemble le Chapelet,
comme le matin, d'abord qu'on sera en travail, &
& même après le dîner, s'il se peut, on pourra aussi
quelquefois psalmodier par dévotion, & faire sem-
blables bons entretiens, pour tenir l'esprit avec Dieu.

X I V.

Durant le travail, ou autre tems, s'entretenant
de plusieurs choses, soit pour le besoin de
parler, ou même pour se récréer. Si on excédoit trop,
le Maître dira: Mes Freres, souvenons-nous de Notre-
Seigneur Jesus-Christ; au même tems tous se tairont,

& honoreront dans leur filence celui de Notre-Seigneur , & fe réfoudront de parler plus modérement,
& après ce petit moment continueront de parler
comme il fera utile & néceffaire.

X V.

Quand quelqu'un fortira de la maifon pour la
Ville ou ailleurs , il ira premiérement devant l'Oratoire faire un acte de refpect & de révérence ; &
fortant , fe reffouviendra de Notre-Seigneur Jefus-
Chrift & de la Sainte Vierge ; & revenant , il re-
tournera devant l'Oratoire faire le femblable acte ,
pour retourner à fon occupation.

X V I.

Quand quelqu'un ira dehors pour être long-tems
abfent , tous iront fur l'heure de fon départ devant
l'Oratoire dire , *Benedictus Dominus Deus Ifraël*,
& *Veni Creator* , avec une Oraifon , pour prier
Dieu pour fa confervation durant fon voyage &
fon abfence , qu'il n'entreprendra qu'après une fainte
Communion ; & quand il reviendra , on le recevra
en le conduifant premiérement devant l'Oratoire
dire : *Laudate Dominum omnes gentes* , & rendre
action de graces pour fon retour.

XVII.

Le soir sur les neuf heures, le travail cessé, tous iront au même tems devant l'Oratoire faire la priere dans le même ordre que le matin, suivant le Formulaire; & au lieu de l'Antienne de la Vierge, on récitera les Litanies, ou quelque autre selon le tems; & au lieu de Méditation, on lira le premier point pour la faire le matin suivant, dans lequel on pourra entretenir son esprit en se couchant.

XVIII.

On se couchera avec grande modestie & sans bruit, disant son *In manus*, *Nunc dimittis*, ou son *Pater*, ou autres bonnes prieres, & se signant du Signe de la Croix, baisant son Chapelet, sa Croix ou Médaille, afin que le Démon, qui court comme un Lion rugissant, ne trouve aucun à l'écart hors du devoir de son salut pour le dévorer; & on tâchera de s'endormir dans la pensée que Jesus-Christ dormoit, mais son cœur étoit veillant, dans lequel il faut prendre son repos, & il veillera pour ceux qui reposeront en lui. Ainsi soit-il.

Sit Nomen Domini Benedictum. Amen.

Les heures du jour ne se passeront point que le marteau de l'horloge, MEMOIRE *si on l'entend, ne soit accompagné d'une oraison jaculatoire. Le temps s'enfuit, courons à l'Eternité, Beni soit dieu, ainsy soit il.*

MEMOIRE de ce que les Freres Cordonniers ont accoutumé d'obſerver, comme par Tradition, depuis le commencement de leur Communauté.

I.

PRemiérement, le Jour & Fête de la Purifica-tion de la Sainte Vierge, jour de l'arrêté de nos régles, & qui eſt la principale Fête de la Com-munauté, nous avons accoutumé de nous trouver avec notre Directeur ſpirituel en l'une de nos Com-munautés, pour recevoir de lui quelques Inſtructions pour l'avancement à la vertu, & d'ordinaire c'eſt en-tre onze heures & midi ; & la veille dudit jour l'on obſerve le jeûne.

II.

Le Jeudi Saint, à la priere du ſoir, nous diſons les Litanies de la Paſſion de Notre-Seigneur, ou du ſaint Nom de Jeſus, au lieu de celles de la Sainte Vierge.

III.

Depuis la veille de Pâques, juſqu'au Jour de la Sainte Trinité, nous diſons l'*Angelus* debout, comme auſſi les Samedis & Dimanches de l'année,

D

pour nous faire souvenir de la Réſurrection de Jeſus-Chriſt.

I V.

Les trois Jours des Rogations , un des Freres, par
l'ordre du Maître , va à la Proceſſion de la Paroiſſe
ordinaire. Les mêmes trois Jours l'on dit les Litanies des Saints à neuf heures du matin , & à genoux,
les cierges de l'Oratoire allumés.

V.

Depuis le Jour de l'Aſcenſion de Notre-Seigneur,
juſqu'au Jour de la Pentecôte, & durant l'Octave,
nous chantons le *Veni Creator* à neuf heures du matin , à genoux , les cierges de l'Oratoire allumés.

V I.

Le Jour de la Très-Sainte Trinité , nous diſons
le Symbole de Saint Athanaſe immédiatement après
la Priere du matin , à genoux , les cierges de l'Oratoire demeurant allumés.

V I I.

Le Jour de la Fête-Dieu , & durant l'Octave ,
les Freres qui vont ouïr la ſainte Meſſe, demeurent
un peu plus qu'à l'ordinaire devant le Saint Sacrement, & la Veille dudit Jour l'on obſerve le Jeûne.

VIII.

Et durant la même Octave un des Freres, par l'ordre du Maître, va au Salut du Saint Sacrement.

IX.

La Veille des deux Fêtes des SS. Crespin & Crespinien, l'on jeûne, & tous les Vendredis de l'année.

X.

Huit jours devant la Fête de tous les Saints, & durant l'Octave, nous disons les Litanies des Saints à la Priere du soir, au lieu des Litanies de la Sainte Vierge.

XI.

Tous les Mercredis de l'Avent il y a abstinence de viande.

XII.

Depuis la Veille de Noël, jusqu'au Jour de la Purification de la Sainte Vierge, nous disons à la Priere du soir les Litanies du saint Nom de Jesus, au lieu de celles de la Sainte Vierge.

XIII.

Nous avons aussi accoutumé de faire conférence par ensemble, au moins une fois le mois.

D ij

X I V.

Les Dimanches & les Fêtes de l'année, immédiatement après la Priere du matin, un Frere fait la
lecture de l'Epître & Evangile du jour, à la Communauté, tous étant debout, les cierges de l'Oratoire
allumés.

X V.

La veille, ou le premier Jour de l'année, étant
tous affemblés, nous nous demandons pardon les uns
aux autres des imperfections ou fautes commifes les
uns envers les autres, & le Maître commence le
premier.

Pour la confolation des Freres de notre Communauté préfens & à venir, ils ont trouvé bon d'écrire
fur le Regiftre de leurdite Communauté ce qui s'enfuit, qui font les articles convenus entre eux cou-
chés par écrit pour le premier commencement de
leur affociation, encore que depuis peu de tems
après on a trouvé bon de les expliquer plus au long
& plus amplement pour de bonnes raifons.

F I N.

Extrait de l'Approbation de Monseigneur l'Archevêque de Paris.

HARDOUIN DE PEREFIXE, par la grace de Dieu ; & du Saint Siége Apoftolique, Archevêque de Paris :

A Tous ceux qui ces préfentes Lettres verront : SALUT en Notre-Seigneur. Ayant égard à la Requête qui nous a été préfentée par les Freres Cordonniers, affemblés en Communauté en cette Ville de Paris depuis dix-neuf ans, tendante à ce qu'il nous plût approuver & homologuer les Régles & Statuts qu'ils pratiquent en leurdite Communauté. Et étant bien perfuadé qu'il eft de notre follicitude Paftorale de donner notre application toute entiere à procurer les avantages fpirituels de ceux qui font foumis à notre conduite, & de travailler à foutenir les Etabliffemens faintement & canoniquement inftitués.

Nous avons fait examiner foigneufement en notre Confeil lefdites Régles & Statuts. Et n'y ayant rien trouvé de contraire à la foi & aux bonnes mœurs, nous les avons approuvés, homologués, approuvons & homologuons par ces Préfentes.

Voulons qu'il en foit laiffé copie dans notre Secrétariat, pour y avoir recours en tant que befoin fera. Donné à Paris fous le fceau de nos armes le deuxiéme Novembre 1664. *Ainfi figné*, † HARDOUIN, Archevêque de Paris. *Et plus bas*, PETIT. Et fcellées des Armes Archiépifcopales de mondit Seigneur, en cire rouge.

Approbation de Monseigneur de Gondy ,
Archevêque de Paris.

FRANÇOIS, par la grace de Dieu , & du Saint
Siége Apostolique, Archevêque de Paris, Duc & Pair
de France , Commandeur des Ordres du Roi. Vû par nous
les présens Statuts & Réglemens, nous les avons approuvés , confirmés, homologués ; confirmons , approuvons ,
homologuons par ces Présentes , pour être pratiqués par les
Freres Cordonniers selon leur forme & teneur. Données à
Paris le quinziéme jour de Février 1693.

Signé , † FRANÇOIS , Archevêque de Paris.

Par Monseigneur ,

J. WIEBAULT.